司会者

篠弘

歌集

砂子屋書房

＊目次

内憂外患に（二〇一四年秋〜二〇一五年）

合議に徹す（二〇一六年）

装本・倉本　修

歌集　司会者

内憂外患に

（二〇一四年秋〜二〇一五年）

水色の罫

返すべき議事録に先づ目を通し枚数かぞふ朝のデスクに

書きなづむその折をりに磨きゐる筆記具のはざまに顔出すルーペ

点眼をせし折気づく修正液つかひて一字あきしままなる

失せ物の歌集手にして口づくる抓み出したるその背表紙に

ほしいままに賛辞を書けり水色の罫の浮きたつ一筆箋に

夥しき選歌にいどむ昼下りミモザの花は陽に向きて散る

パルシヤの絨毯のうへ息吐きて脚上げつづく腰のリハビリ

ポケットの隅よりつねに出でくるは銀を失ひたりしクリップ

牛乳にブルーベリーを掻き回し香り立てをりひとりの昼を

加湿器を全開にして坐ししより室しらじらと冬に入りゆく

土嚢が臭ふ

団地内の道にしつらふ水色の自転車ロードに野分が走る

ワイパーがフロントぬぐふたびごとに銀杏並木の黄葉《もみぢ》明るむ

男らがぱつぱと袋を放り込むごみ収集車より花はこぼれつ

ハンガーに揃ひ直せるネクタイに雪の降る日を想定しをり

てのひらに番号札をもたされてまなこを曝《さら》す視野検査待つ

ごきぶりを撲《う》てば小さくなる骸《むくろ》見やりて己れの寝ぎは寂しゑ

みづみづと児らの手形に重ならむハローウィンの南瓜を撫づる

日帰りをしてこしわれにエレベータ反対側のドアの開く駅

月下美人この世の花と咲ききそふその妻亡くす友の多かる

大降りのけさ届きたる新聞のビニール割けば土嚢が臭ふ

砂塵のあらしに

冬空に黒樫の葉がちぎれ飛び駈け出だしたきわが胸のうち

宰相の支援のことば奔《はし》りたる翌日に出づる「殺害予告」

指先に湯を待ちゐるにじりじりと冷ゆる真水の雫したたる

いのち賭けて取材をしたることのなき老編集者《エディター》は寝酒に酔へり

後藤氏は文藝家協会の会員であり、会として釈放を訴える。

会員の後藤健二をまもるべき声明打ち出すホームページに

会員をテロより救はむメッセージ役立たざると知りつつ発す

やみがたく地図を広げて声明を出ししその日が破局のはじめ

友どちを庇ひあひつつ崩れゆく世を穿《うが》たむと取材せし人

会員に推したのは、三田誠広と林真理子の両氏。

七冊の著作がありて推薦で入りけるフリーのこのレポーター

シリアから身を投げ出せる潜入に自己責任をみづからも言ふ

人質にされし後藤がつぶやけるネットの声を零下に聴けり

両の手を縛らるるまま馘《き》られたるいのち失せにし刹那の砂塵

企業内ジャーナリストを超えむとし灼けつく砂の嵐をまとふ

ＩＳＩＬ《アイシル》へ入りしを責むる声にのり当初から国が怠りて過ぐ

惨き死を悼むのみなる街なかに北のあらしの寒波が猛《たけ》る

果たせざりし声明なるを読みかへし仁丹の粒に舌痺《しび》れをり

入りつ日に八つ当たりして風花が渦を巻きつつ戻りてきたる

映像にあらはとなりし二人の死ゆくへ知れざる人質の檻

獄中のジャーナリストが逝く前に書き留めにけむその痕跡は

人逝きて骨身に沁めり闘ふといふはもとより書き立つること

ぬばたまの冬の夜半にゆたゆたと泥酔せむと酒をころがす

いかやうにするとも特にこの冬の明けがたに痙《っ》るけさは右足

「砂あらし」以後

事過ぎし朝の虚しさ木の匙をつかひてコーンスープを掬ふ

風刺画を罵《ののし》るテロに「移民らが国を滅ぼす」とふ妄言まかる

人質は救ひがたきに自衛権その口実となりて膨らむ

オレンジの獄衣着せられバビロンの獅子の縦列に放たれし夢

垂れ下がる氷柱《つらら》の芯にくれなゐに空透かしめて夕暮れ迫る

咳きこみてをりし晩冬終へむとし世に怯《ひる》まざる人を慕《しの》べり

難民の取材にのめり込む人ら書けば書くほど書かざるを得ぬ

イスラムの過激派によるテロつづき報復がまた復讐よぶや

月明に読めるなごりにその遺著のはざまに楽聖の栞をはさむ

銀のパター

札幌より来たりし記者が天窓の春日を背なに問ひ掛けてくる

垣こゆるミモザの黄なる花房の下照る道にくるまが駐《と》まる

たなぞこになじむ石斧《せきふ》のなめらかさ胡桃割りたる香り残すや

螺子まけば明治の時計の針すすみ週末にまた戻るたしかさ

八角のローマ数字を刻む盤かつて白秋が「Ⅰ《イチ》」を詠みける

老いそむることには慣れず左手に銀のパターを杖としてもつ

この昼をモーツァルトの曲流すみづから見えずわが身疲れは

エアコンを自動のエコに設《しつら》へて風の動けばわが手も動く

ファックスはみな裏紙に写されてその裏紙が舌を出しくる

会合の減りて籠れる連休にファックスのみがどしどし届く

音立てて入るファックスの草案を直しなづめり炎暑の午後を

姉の他界

臨終に小さなる姉ののどぼとけ指は撫でゆくそのぬくもりを

ひすがらをビルの遮光に咲くつつじ老のなかりし姉と思はむ

舗石に踏めば乾けるはなびらか逝きたる姉がわが名を呼べり

はなびらは吹きちぎられて亡き姉があまた遺しし印肉の朱《あけ》

亡き父が育てしつつじ花噴くにこの長雨にさゐさゐと散る

極地の氷

一瞬のしづもりありて夕駅のエスカレータは下《くだ》りへ変はる

閑寂はとどまらずして人ひとり会はぬ小路が銀座にありぬ

鈴蘭の街灯くらみて降る靄に行きつけのバー見失ひたる

リヤカーのほたるの籠を買ひたりし銀座は消えて光量あふる

白熱の光度をこえてはつあきの灯がきらめけり並木通りに

つまづきし回転扉《ドア》がゆうるりと風呑みてよりわが身を攫ふ

すでにしてバーは乱調の日のなごり口にあそばす極地の氷

齢とともに嗄《しやが》れる声に閉会のことばに替へてシャンソン唱ふ

原爆忌

夕空に朱色となりて散りつづく八月十五日の白さるすべり

台風の去りてさわだつ法師蟬ひとつとなりて哭く原爆忌

二面あるこの道路鏡にうつれるは人失せつくす炎熱の道

あをあをと槐《えんじゅ》かをれる道に出でて一番町への坂をあふげり

環八は井荻の駅をくぐり抜け長きトンネルが湾曲に入る

治癒力の減りしか鍼師のおとろへか坐りつづくる腰が痛めり

灼けてゐる庭を黒揚羽よぎりゆく黒き軌道は痕跡のこす

夏果つるこのぎりぎりに透明の殼脱ぎそむるかなかなを見つ

炎昼をしのぎしわれが一匹の蚊の顫音《せんおん》に視力おとろふ

聖橋《ひじりはし》へ上がらむ四十段の階《きだ》御茶ノ水駅は爽快ならず

南部古書会館へ

五反田に立つ古書市にまぎれ入り知る人のなき朝のすがしさ

かがまりて古書の奥付確かむるあとさきの人みな若からず

わが蔵書おほむね値下りするを知る論争史のため蒐めけるもの

『近代短歌論争史』は、いまでも高値。

点々と花挿されゐてめぐりゆくこの古書市に蝶入りくるや

キャスターの滑るバッグを転がして古書漁りゐし二時間余り

貸したりし本は戻らず明平《みんぺい》の『戦後短歌論』やうやく手にす

立案に手こずりにける古筆の書『烏丸光廣』高値をつける

おそらくは異国なる血の混じらむや眼の碧き人コミックひらく

西武デパートの地下、その閉店に遇ふ。

セゾン文化の拠点となりしリブロ店閉ざされゆくや客溢るるに

競合に生き残りける『現代用語の基礎知識』その新版を買ふ

ここにしてスーツすがたの歴史書を抱ふる堤清二に逢ひにき

出版不況の時代へ

寒暖の差のはげしかるこの春の出版不況は彷徨《さまよ》ひにけり

うしなふは求心力か企画なべてタイトルのみが物欲しげなる

入《いり》広告とみに減りくる週刊誌春画もどきのヌードを見しむ

日本文藝家協会は、シンポジウムを開いて、公共図書館への提言を試みる。

出版が生き残らむか残れぬか公共図書館への苦言を呈す

図書館が書店に値引きをねだりくる商習慣がまづ責められつ

高価なる本こそ揃へ貸出しの点数の多寡を問ふべきならず

出版社からの注文。

貸出しの猶予もとめりベストセラーその増刷が妨げられし

文庫本や新書は買へと呼び掛くる凌《しの》がねばならぬ版元の声

和光市図書館長の浅田次郎氏。

買ひて読む習ひを読者にうながせと浅田館長は司書を揺さぶる

廃本が古書店街へと流れゆけりふさはしからぬ館のスペース

公共貸与権の制度がある。

貸出しが有料となるドイツなどの登録制度をはじめて知りぬ

パネラーの多かるゆゑに噛みあはずむしろ長舌となる人多き

隅つこの聞き役としてパネラーをねぎらふのみのわれの役割

新宿のサザンテラス口《ぐち》の人混みに肩ふれあふもいや鮮しき

知識には課税せずとふ原則をはじめよりＥＵの諸国つらぬく

エリオット生みしイギリス書籍には零パーセントの税護りくる

財政の再建けはしかるギリシアも本の軽減税率たもつ

先例に倣ふべきなりフランスがその対象からポルノを外す

ヨーロッパが己が文化をはぐくむに疎《おろそ》かにせしや税制審議

子どもらの国語力下がる趨勢を嘆かひて言ふ過剰なるまで

新刊の点数八万をかさねくる出版ありていまあるわれら

減税とならば伸びざる出版の立ち上がりゆく火種なるべし

すでにして活字離れはもどらぬか本の返品率が四割超えつ

ながらくを俗塵にまみれきたりしか言ひ難きこと反芻《にれか》みにけり

羊雲のあひに残れるくれなゐを背《せな》にしながら会閉ぢむとす

休めよと言ひ聞かせつつ封を切るナイフを指に磨きてをりぬ

文学館の役割

出版界の編集者から「文学館アーカイブのネット構想」を聴く。

肉筆の遺れる原稿のデジタル化うつたふる人らありて学びき

文学館閉ざされたれば消えゆくや文豪の遺品も生《な》ま原稿も

テキストの校訂に欠かせぬ元原稿入力せむか散らばる前に

原典にたえず当たりきし編集者《エディター》の祈りぞ他者のかへりみぬもの

「改造」に載る「歌の円寂する時」は誤植多くしてわが難儀せる

全国に文学館は二百あるといふ空穂も明治の生家を活かす

憂患

成立をいそげる果てに何あらむ仮想敵国に囲まれたりし

六十年安保の末期を見し者はデモより投票の重みを知りぬ

秋霖ののちの曇り日いちにちをあらそひて決むる法案ならず

銀座より遠回りしてタクシーに茱萸坂のデモを見守りしのみ

駆りたつるもの滅びしが一行にまじらば叫ばむ老いたる者も

テロリズムを口実とする差別さらに深まらむ事件を怖る

初秋《はつあき》の朝冴え返りちりぢりとさるすべりの朱《あけ》わが身にふぶく

地上へともつとも近づき白雲の下走れるやスーパームーン

庭先に立ちてきらめく月光を両の手挙げて浴ぶるひととき

床下の暖房を電気に取り替ふるこの二週間に萩散りつくす

この年も十五本咲く曼珠沙華同じ位置よりずれける二本

かつての編集者

送られし古書市からのカタログに一冊は選るが慣ひとなりく

あらたまの日ざしはのびて盆栽の白梅が卓に花ふりこぼす

大雪のさきぶれとして水仙の花茎は反りて薫らむとせり

つぼみもつ紅梅の幹は艶めきていよいよ遠し猛《たけ》りにし日日

本乏しき時代に生れて編集者《エディター》にいそしみて来し世襲に非ず

つぎつぎに企画を出せし六〇年代何疑はぬひととなりゐつ

激務よりソフトランディング試むるわが抜殻は驕りしに似む

口もとのめづるほくろが剃刀に削られしよりかく顔明るきか

知らざりしこと激増し知るふりをできざる者の頸筋の凝り

足もとにコーラの空缶立つるまま下車する男を傍観せむか

ウィーンの花園おもふクリムトは素足に踏める女《ひと》を描けり

終日をモーツァルトの曲流すザルツブルグの樹氷も溶けむ

合議に徹す

（二〇一六年）

声おとろへず

かけつける一人がありてまだ一人来ぬまま議事にはひる秋霖

穏健は退嬰ならむ宣言《メッセージ》出せるに会としてその後を追はず

食品の区分けに論議つひやして軽減税率は本にいたらず

ことさらに導入をこばまむ人たちの発する声は恬淡《てんたん》ならず

打解せむその切つ尖をさぐりきて物乞ひをする口調となるや

出遅れしこと確かなり新聞が申し入れをする記事も小さき

回答《アンケート》の減るはひとごとならずしてみづからもまた高齢化せる

応答をもとめて呼ばふ枯れどきに入りしが己が声おとろへず

声あぐることなき人を名指しして発言を待つときの長かる

このままに黙《もだ》さば時流にへつらふと同じきことを憂ふる人ら

難題ありて

はじめより声をしぼりて進行しけふ三回目の会議に入りつ

古りきたる身を曝さむか発言のつど咳き込むをわが持て余す

一人また次のひとりと提言を待てば間合ひの長引き来たる

この人を傷つけにしか応答を指名したれば物書きてをり

別れぎはのエレベータに難題を蒸し返しくる人の物言ひ

帰りきて参会者の名に目を通し物言はざりし人かぞへゐる

このバーの地階に残り呑みあひて昂りたるは何にてありし

前回と重なることも言ひ交はし墓苑改造より理事会はじむ

声上ぐる必要なきに司会より手渡されくるマイクを握る

まとまらぬ会稀にして場当たりの発言さへも思ひを頒つ

用あらば礼《ゐや》して引くが習ひなるこの理事会はことしも荒れず

気力もて捌きてきたる三期ならむ理事長退くを内示せむとす

会終へて仰ぐひとときの日の伸びてくる夕茜雲を崩せり

声明文その代筆をねぎらはむ著作権の普及ゆきつ戻りつ

被災地に思ふ

みちのくの漁師は泣けり海をさかる高台集落に移るをいなむ

丘陵の村に棲まはば坂あらむ海へとかよひなづめる老いは

たはやすく人は変はらず波音といそしみきたる耳の転生

牧水の「白鳥《しらとり》の歌」を認めにし空穂もやはり山里生まれ

北上の講座にむかふ「やまびこ」に山桑の実が赤あか流る

白鳥《はくてう》は招かずなれど留鳥となりにし二羽の餌場がありぬ

新装となりたる北上の珊瑚橋わたる人らの歩道ひろがる

稿ひとつ終へたりしより読みかへす土偶に祈る被災者の歌

長浜に近づきくれば塩分を抜かむと盛り上ぐる畑土の量《かさ》

津波跡見てもどりくる駅店にどつと並べるくれなゐのタン

春の古書街に

しづかなる春日を過ごす古書の街木の床板を踏みしむる音

昼どきの古書肆の灯火は薄明かり女子学生としばらく並ぶ

笑ひ声一つとてなき間隙に手に取る古書が話しかけくる

ゆうるりとせし足取りに店内の板張りの床を軋ませて立つ

ときめける刹那に遇はむ古書街に通ひつづけて晩年に入る

廃業をせし社の在庫引き取れる八木書店よりリストをもらふ

亡き友に借りし戦後の「アララギ」に或る図書館の蔵書印あり

蒐《あつ》むるはもはら近代の歌論集さがしつづくるつひの一人か

平成挽歌

「啄木」の悲しみが話題となる時代いくたびかありて国情乱る

戦争を知らざる者も知る者もまなく餓うるや温暖化の禍《くわ》

雪起こしつづく曇り日アメリカに信従をして傷みなき貌

まづもつて九条の羽化の切つ先に逆に自衛権まかりて通る

殉ずるをあせるあまりに何あらむ仮想敵国に囲まれたりし

後方《しりへ》なるへっぴり腰は危ふかりアフガン派兵のドイツの深手

六十年安保の末期に知りけるはデモより投票の弱者のちから

「一億」にこだはりて言ふ取り成しの押し殺す声寒気をさそふ

ルモンド紙の報道に

自爆するテロを「神風《カミカズ》」とくさせしが特攻隊は民をあやめず

沈黙をよぎなくされし年の端《は》に人肌の燗をからすみに呑む

半生を編集者として立てる身が本への課税に声を挙げゐる

各国は文化をまもり詩の盛るイギリス税率の零《ゼロ》きはだてり

はしなくも「有害図書」を叫《おら》ぶ人ありて出版の減税ならず

議員らにとりて抹消したかるは失言・不倫をあばく雑誌か

洗ひ出し賄賂を見抜く週刊誌つちかひきたる社外取材者《フリーランサー》

原爆にあやかる者の空威張り《から》持たぬやからの焦りはやまぬ

テロリズムを口実とする人権差別さらに深まる地割れを怖る

砥石もて研がぬ刃物にいたぶらる彼を苛《さいな》みしナイフのゆくへ

湾よりの風をともなふ春一番お茶の水橋口《ぐち》にわが身を反らす

来しなよりまなこの渇き憂へたる古書店街に氷雨ふりそむ

わが影を曳かずにあゆむ地下道に疾走をせむ足音たつる

著作権の問題

花冷えの風吹きぬくる地下の駅さらにたけりて花をにほはす

ビル二つ繋ぐガラスの通路から見下ろされゐてひとり急ぎつ

槻若葉色ふかめくる道ぞひに駐《と》むるくるまの窓がふくらむ

山あひの大気まとふやほつほつと花芽かかぐる辛夷の並木

会合はみじかかるべき指名して問ひ掛けゆけばことば返りく

この数年の文藝家協会は、著作権を保護する問題に終始する。

物書きの権利をまもりゆく議題つづくる午後はエビアンが空く

ペースメーカ忘れしやうに立ち通し己れの声をマイクに託す

ＴＴＰにともない、五十年であった保護の期間が変わる。

著作権七十年へと伸びゆかば継ぐうからたち仲違ひせむ

再評価さるる著作もあるならむ速度はやめて物老いゆくに

緩やかなアメリカの縛り。

ことさらに申請や許諾に拘らぬフェアユースも閑《のど》けかりしよ

原作を曲げて愉しむパロディー化否むべきもの何ひとつなし

著作権放棄したしといふ声ありさかしらな論のみにはあらず

人ひとり欠けたるままに議事進み「公正な利用《フェアーユース》」の導入を聴く

会員の数を上回り四千となる著作権業務をゆだぬるひとら

ペースメーカの命

夕闇に溶けこみてゆく羊雲《やううん》のこのひろがりは銀座を占めむ

街に立つ夕虹の足まぶしめりペースメーカが支ふるのいのち

ひとを吐きひとを吸ひゆく夕駅の漣《さざなみ》の音はおもひみざりき

街上のひとを躱《かは》せりペースメーカ胸に植ゑしより十五年経ぬ

摘出をされし除脈の調律師ペースメーカに口《くち》づけをせむ

九年間の心拍を援けくれにけるしろがねいろのからくり小函《こばこ》

心臓がいまや全けく睦みあふ三代目となるペースメーカは

鎖骨下にペースメーカのひそむ肩その左腕よりコートを纏ふ

まづは手を洗ひ真水にうがひする八十歳代は食減《じき》りにける

耳鳴りは頭鳴《づな》りならむか日すがらを物書きをりて耳たぶ捩《よぢ》る

ボールペン油性を水性に変へしより柔らぎくるや字も文体も

生まれ日に入れ替へきたる螢光灯おこたりにしを酔余に気づく

家籠る日日のつづきて花房を黄にかがやかすミモザを手にす

音たててファクシミリーのはひりくる即座に会の出席こたふ

暮れ方は抜け殼となり浴槽のジェットシャワーに腰打たせつぐ

夜半すぎて月下美人のぬれぬれと窄《すぼ》みてくるを目に犯《をか》しゐる

まほろばを夢見るごとき蠍座のその尾あらはる春のはじめに

寝室に飾るはドーミエのカルカチュア高馯かくいのち促す

古書の埃

ザラ紙の良平の『幸木《かうぼく》』に再会す高層ビルのゆきずりの店

二千円に下がる赤彦の全集を灯《ひ》のおよばざる暗がりに見つ

かつて出す己が企画が目に障《さや》るむしろ出回る売れざりしもの

ぞつき屋に編集をせし本ありて色の褪せくる丸背を撫づる

古書街にくれば立ち寄るラドリオのいつもの奥の席が待ちゐる

購《あがな》へるものあらずして手の汚れ古書の埃をティッシュに拭ふ

のみさしの珈琲をおき一冊ももとめえぬ日の増えしと思ふ

戦時詠に思う

とくとくと報道にのり詠みにける標語に酔へる歌に圧されつ

全否定よぎなくさるる戦時詠ひそかに耐へし歌ありとせむ

やはらかに厭戦思想あらはすに次の出詠あはれ堕《お》ちにし

「軍神」と崇《あが》め「殲滅」「玉砕」に鈍くなりけむ人ひとりの死

呑み込まれし人らを責めず二十年向きあひてくる戦時下の歌

サイパンに子をうしなへる良平も「大本営」の戦果を記す

己が子を戦地に遣れる歌人らのもの憂かりしに心添はしむ

シベリアに俘虜となりける老いの歌見えずなりきて鬱鬱とをり

もしもわが渦中にあらば弾圧を躱《かは》さむすべはひたすら黙す

スピーチの括りにまたも読みあぐる学徒兵らの出陣の歌

鬼剣舞

地を踏みて豊作祀《まつ》るや鬼剣舞《おにけんばい》夜すがらつづく暁《あけ》白むまで

跳ねまはる鬼どもの汗とび散りて月明に酔ふ鬼の剣舞《けんぶ》に

北上に年ごとに愛《め》づる鬼剣舞野趣のきはまる手のひらの鉦《かね》

をとめごの首の細きも加はるや優《やさ》しだちくる念佛をどり

角《つの》のなき鬼は佛の面《めん》ならむ還らぬひとも交じりて舞へり

夜祭りの白き鬼面はきらめきて死霊をまねくこの浄界に

高らかに叫《おら》ぶに和せり息切るるよはひとなるやわが身も激す

汗にまみれ倒れ伏すがに終へたりし縄文人らの狂《たぶ》れる踊り

どぶろくの出処は遠野《とほの》の里と知りさらに味はふまろやかな味

みちのくの祝ひに呑める紅白のどぶろくあるを北上《きたかみ》に知る

赤米《あかごめ》につくるうすべにのどぶろくに口口《くちくち》小紋《こもん》の頬となるひと

パンコール島など

山の上ホテルのロビーにある机つねに坐れり会議のまへに

改装のビルの底ひのバーに聴くいまだシルヴィの燃え盛る声

川いくつ潜りて走りうちつけにカーブ切りゆく大江戸線は

地下鉄は乗り過ごしけることありて扉《ドア》際の席に歌誌を開けり

暗闇をつきて走れり彩色の黄に湧きあがるセンターライン

フロントのガラスにつける西日除け鳶色が濃くなりて見難き

停車して見入れるほどに歪みくるミラー二枚に映る路面は

夕暮は抜け殻となり浴槽のジェットシャワーに腰打たせゐる

新しき水晶体にあふ眼鏡はじめて掛くる「あすか」のデッキに

夏ごとに国脱出しマレーシアのパンコールの渚に足を浸せり

海岸の大樹の影に寝そべりてパンコール島に髭のばしをり

パンコール島へとヘリに渡りゆく白き浜めざす空中散歩

任終ふる

日本文藝家協会は、九十周年に入る。

六年間にわたる責務は何なりし司会者として合議に徹す

耳に入らぬこともありけむ理事長を三期つづけて諍ひあらず

打ちこみし協会の公益法人化つどひ重ねてさきがけとなる

物書きと出版界との近付くはこの先ならむ半歩踏み出す

われに向きてもの言ふ人とうつむきて呟く人あり米噛《こめか》み動く

人らみな水のボトルを抱へもち黙す者より呑みはじめたる

覚ゆべき名刺とさうでなきものと一瞬にして分かちきたりぬ

語らへば構へをもたぬ人となりわが退任をねぎらひくれつ

出づるべき会合におほむね顔連ねこの十年間は老年ならず

集団が若さとりもどす尖兵を林真理子がになひくれにし

人ひとりの採用決むる事終ふれ最後のしごとは派遣を救ふ

マーブルの床《ゆか》が返せる灯《ひ》を踏みて発光体となりて述ぶるや

人のかけはし

（二〇一七年〜二〇一八年）

みどりの手帖

さみどりの同じ手帖に六十年わが野暮用を書き込みてきぬ

勤めしより羊皮《ようひ》を表紙にせる手帖つぶさに己が半生とどむ

書くために未見の資料揃ふるが慣ひとなりしきまじめ野郎

この秋を黄葉《もみ》ぢぬままにからからと散る白樺は音をひびかす

映れるは遺跡とならむ集落か夜すがらともるくれなゐの柿

庭先にあまた欅の葉が積もり焚かむおもひに襲はれてゐる

会合のあらざりし日は暮れなづみ書きたる稿をわが投函す

野鳥らのつどふ多段式アンテナのもつとも下に嘴太烏《はしぶと》が来る

すべての葉散らししづもる槻並木枝さしかはす天のかぎりに

駅前に丈伸ばし咲く山こぶし星のまつりの先駆けとなる

風花を待つ

汗かくは敗者のものか一冊を探し得ずしてはしごを降りぬ

足もとの絨毯にねて埒もなし背の固かるをにれかみにけり

いつまでもエディターにして愛用の類語辞典に古語加へむか

わが庭に一樹のこれる白樺の芽ぶくを待たなこの真青空

予定表どほりにこなす安らぎは古りゆくものの兆しとならむ

眼疾を治さむわれにあらあらと亀裂をみせて雲くだりくる

なかぞらの暗みそめたる庭に立ちわが身に享《う》けむ風花を待つ

きさらぎに入りける寒の薄曇りそのまばらなる雲の重たさ

夕日ざしまとひて走れる太ももが珊瑚の色となりて迫りく

休息をとらむひととき加湿器にお湯を注ぐと立ち上がりたる

花柄のタイル

ビルの窓拭けるゴンドラ北風に揺らぐが見えて声立てむとす

暴かるるエスカレータの底ひより錆びつきたりし鋼《はがね》がにほふ

きらきらと下《くだ》る人らが灯《ひ》を浴びて飛瀑となれりエスカレータは

地下鉄にまどろむ昼のなかりしに人身事故に遭ひてしたがふ

ながらふる腰痛の果て地下駅にエレベーターの有無を覚ゆる

ひとりして優先席に坐りゐるこの生きの日のゆとりまがなし

このわれを迎ふるやうな地下道のタイルの花をなぞりて歩む

雨止むを待てるひとときこの店に切手剝がさむ液をあがなふ

ひりひりと鎖骨の下に引き攣《つ》れるペースメーカは終る日知らず

帰りゆく人らひしめくこの駅にわが名呼ばれし瞬時忘れず

冬のながめ

半世紀来し古書街に欲しきもの無き日となりて靄のけぶらふ

書棚より歌集歌書減り垂涎《すいぜん》のものに遇へる日この頃絶えつ

照明の鈍き古書店の床《ゆか》鳴りて買ひそびれたる雑誌こほしむ

駅店のシャッターの下部ひらきゐて珈琲の缶転がるが見ゆ

騒音のとよむホームにみちのくの板宮清治とかつて会ひにき

賜はりし桔梗は頭上の棚に載せひとりとなりて抱へ直せり

ガレージに車は詰まりその下の冷ゆる階へと急カーブ切る

フロントに妻がつけたる西日除け濃き鳶色は過ぎたるごとし

暮れそめて白く烟れる焼却炉近づきてくる冬のながめは

晩年のクリムトは森を描《か》きつげりいのちを繫ぐ木木のみどりに

人のかけはし

三期務めた文藝家協会の理事長を辞す。

休む日に物書きくれば休日がすべてとなりてわれを走らす

みづからを抑へて言へる口切りはむしろ野太き声となりぬる

はじめより声をしぼりて応答し採決せむと口を噤みつ

一介の歌人が担ひし理事長の八十路《やそぢ》に入るは晩年ならず

いかにして著作の権利を護らむか点火したると言ひ得るごとし

短編のもの足らなさを次世代とネットノベルのゆくへ語らふ

いくたびも言ひ換へながら汚れたるマスクせしまま喋る人あり

僻地なる図書館におけるイベントの事後承諾はふはりと通す

指名せむその名の出でぬ瞬時ありほとほと傷は消えゆかぬもの

大学に籍を置くひと多くなり生じてくるやあらたなる閥

あらためて副理事長を担う。

択一を迫らるることあらざりきむしろ司会者の役割果たす

物書きと出版社とのごたごたは減りこしならむ半歩踏み出す

一世代若くなりける後継がむひとらかこみて酒酌みかはす

夕虹の藍のきはだつ凍て空が高層街へとひろがりてゆく

銀座の今昔

アスターに大岡信とワイン呑む時はかへらず口の重かりき

歌引きて書くことさへも限らるる島田修二の没後かなしむ

夜更けまで井上靖のお供せしバー葡萄屋の曽根ビル残る

ジョニ黒に乾杯しつつジャポニカをヤポニカと質《ただ》せし高橋義孝

プランタンに隣る歯科へと通へるにそのプランタン撤収されつ

屋上にピーマンつくり蜜蜂をやしなふ人あり銀座の村は

逓信省のTに横棒加へしといふはまことかポストのロゴは

をりふしの肉声よりもみづからのラジオの声は上擦りてゐる

かそかなる音を立つるや螢火の明滅をかぞふ四Kテレビに

かへりきしわが庭先の街灯に盛《さか》るさるすべりのむらさきの雨

雨過ぎてわが足取りにゆとりあり街を揺るがすつくつく法師

ひとりの時間

パソコンの世に手書きせる数枚を袖机にと積みかさねゆく

2Bに替へにし芯がオニキスのきらめきをもつわがペン先に

休み日に電話の鳴るを怖れをり攫《さら》はれゆくやひとりの時間

ホチキスの同じタイプに差のありて枚数多きは綴ぢ直しゐる

天窓をとほすひかりに瑠璃碗の銀化のすすみきたるまぶしさ

『寒雲』にドイツ語入れて詠む歌に厭戦思想の潜むを知りぬ

かつてなきことに朝よりペースメーカ疼く日ありて肩へと及ぶ

磨かるるマットローマの庭タイル岩の肌へをゆたやかに見す

集団をたえず動かすなりはひの者となりきてことば穏しき

眼圧をたもちてこしに白そこひ重なりくるや左眼のかわく

白桃の生毛

純白はきはまりにしがこの春の街の辛夷は小ぶりにて過ぐ

不揃ひに萌ゆる欅の通り道さゐさゐと鳴るや水吸ひあげて

枝先の花のひらけば腰を患む妻と駈《か》りゆくさくらの道を

採りたてのものはするどし白桃の生毛は冷えて水をはじける

ファックスをすませて出づる朝の庭盛るつつじは街より遅き

白樺の若芽ふくらむさみどりにかたへの紫薇《しべ》が青帯びゆけり

飲みかけてかをり味はふロゼワイン仕事の嵩む夜の愛しさや

掛けおける目覚し二つ次ぎて鳴り夜明けとともに空港へ発つ

画廊めぐり

まむかへば書き進みゆく昼下り眉あげて見る小手毬の白

引用をすべき一首がうかびきて加湿器の噴く音をやさしむ

文字を書く者はかなしき白そこひ治して請へり物書く眼鏡

アポロ彫るサンモトヤマの真鍮の灰皿きらきらメモを押さへて

書き終ふれば資料を棚に戻す癖校正のために再び手にす

黒ずめる消しゴムを指に擦《こす》りゐる音なき室に耳鳴りいだす

脈搏の転調におのが疲れ知る身につきにけるひそかな尺度

涸れそむる齢に入るやヒアレイン滴り受くる日にいくたびも

眼疾の検診は朝の早ければラッシュに胸乳の尖りを躱《かは》す

白そこひの点眼薬は四種なれ名の長くしてナンバーを振る

ぶどう膜炎を併発していた。

残業が過剰なゆゑに死ぬる者あると思はぬひとりかわれも

わが国もナショナリズムに屈するか身じろぎならぬ鎧《よろひ》をまとふ

もっとも早かった、日本ペンクラブの声明文。

集会の自由を守れと釘刺せり追ひ込まむとすこの声明も

なすすべもなき惨劇をくぐりきてテロ防ぐ法つねに確かむ

浮上する共謀罪をかつてわれら廃案としたる火種まもらな

法案は人の群るるを監視する例へばミュシャを観むしんがりも

どこからも上陸されやすき列島なり鳥が手強い生物兵器

おひとりに生くる安らぎ囃《はや》されて孤独死に遭ふすべての人が

約束に間《ま》のありて入る小園の数寄屋橋あとに山こぶし散る

ビル毀《こぼ》ちてソニーパークとなる跡地囲ひの中はみどりを満たす

並木通りの和光の別館失せしよりあかね画廊の目印はなき

画廊は減ったが、いまだ21店ある銀座。

榀《しな》の木の影交はしあふ西銀座書道をしふる妻に逢はむか

しばしばのくさめは檜木の花粉症森となりゆく銀座をあゆむ

この春のひと日を割きて現役の編集者に戻る画廊めぐりは

フランスの新人の絵画引き立たす照明あかるむ画廊「ためなが」

店先に一瞥したるフサロの絵「アルジェの波止場」の船を記憶す

憩はむと弥生画廊へたどり来て撤退せるを忘れてをりぬ

鉄幹が愛せしミュシャは在巴里の「四つの花」などの小品と識る

行きつけの銀圓亭にオードブル総嘗めにしてなぐさまむとす

ブランデーグラスに挿せる黄の薔薇の小さき蕾ひとひら解《ほぐ》る

路上より地下へと潜り込むくるまテールライトが炎をあげつ

奥飛騨即事

連山のきり立つ街は日の陰り午後より灯す平湯《ひらゆ》に着けり

奥飛騨の山里に迎へくるる子の円空佛のほほゑみに会ふ

上高地に向かふ隧道は閉ざされむかつて通りし野麦街道

のぼりゆく道よりダムの湖水見え漆もみぢの葉が埋めつくす

真中より噴き出でてくる露天湯に浸りゐて雪の山を仰ぎぬ

音たてず身を沈めゐて鄙びたるこの山の湯に溺れてをりぬ

高山市に妻がもとめし赤蕪《あかかぶ》の酢漬けの味はいまに変はらず

てのひらを重ぬるごとく朴の葉に味噌と山菜を挟みて焼ける

銀のルーペ

加湿器に溢れむばかり水入れていのち充《み》ちくる机に坐る

戻りくる視力たよりに書きつぐに銀のルーペを傍らに置く

掛かりくる電話を待ちて指先に消しゴムの屑集めてをりぬ

メモ用紙の束を抑ふるみちのくの石斧の尖りに胡桃顕ちくる

ゆつたりとしたる生き方身に付かず書架に登りて汗まき散らす

戦場の兵士の歌をむさぼりて「死語」ばかり知るひとりといはむ

書き泥みしこの一行を解《ほぐ》さむか腰に溜まりくる夜のしごとは

夜に入りて右の頸筋張りてくる音立てて散る庭木の落ち葉

女《め》の孫が古き雑誌を年度ごとに揃へてくれつ冬に入る日に

ひさしぶりの雨に出逢へり庭隅に一匹の蟇《ひき》をかくまふわれか

春の祈り

曇天の道へとミモザ咲き闌《た》けて黄の花房も終はらむ季《とき》か

凍てそむる夕闇の街庭に咲くミモザの黄色目ざして戻る

訪《と》ふごとに聖家族教会《サグラダ・ファミリア》の塔増えて滴り落つる雨きらきらし

ガウディの塔見るたびに言語もつカタルーニャは独立をせむ

国境を直線に引かれ棲み分くる民族をおもふ疲れし果てに

執筆の時に流さむと揃へにしモーツァルトのＣＤ聴かず

外出をしたる翌朝ふくらはぎ攣《つ》れ易くして疼きを誘ふ

からうじてやさしきことば溢れくる朽葉を鳴らす春の風音

九州から歌を寄せくるデザイナー恋を授《さづ》かる思ひに待てり

室内の装飾に日日たづさはる物つくる作歌は心を揺らす

昼下りペン握りきて指攣《つ》れりうろうろとして庭面《にはも》をめぐる

その昔セクハラの教授䛫《き》りたりし思ひ出すのも疲れの一部

挑みゐる主題は「戦争と歌人たち」いまや読者の逝きゆく沼か

引用歌決めなづみゐるひとときを白樺の繊き枝先揺らぐ

みづからの執筆のために徹夜せずカーテンの裾に黒蟻すがる

連載を書きつづけ来て六十の頃よりわれの酒量変はらず

書き上ぐるテーマの資料戻し終へほのぼのとして背表紙揃ふ

腰痛の身に低周波による刺激うけゆくほどに祈り湧かしむ

いねぎはのひとりの時間ここからは寿岳文章の『神曲』をよむ

春雨のしたたる音を聴く夢にロートレックの傘をかかげつ

伐られける欅の枝に手を触れて短時間なる散歩を終へぬ

外遊の遠のきけるを嘆きあふ共に観たりしプラドの名画

来日をせるベラスケスの絵七点プラドに観しより感動まさる

「東方の三賢者」の絵にベラスケス己が跪《ひざまづ》く姿描き込む

はじめから雪を搔かざる家ありて滑るタイヤの宙に浮く音

わが家の前まで雪を搔きくれし富山生まれの教師の夫婦

摑む塩強く投げつくる力士ありて塩弾みくる土俵溜まりに

春あらし

秋桜子展そのオープニングを前にして雪に覆はるる辛夷の莟

春疾風《はやて》の吹き抜くる道を滑走し椋鳥につづき小雀が飛ぶ

走りゆく車のあとを追ひてくる老樹のさくらの散らす花びら

またしても前に停まるは「老健」のネームを記す施設の車

入院の昼に出さるるカツサンド場違ひにして春日をささふ

下りゆくエスカレータを踏み外し両手ひろぐる一瞬ありき

陸橋をのぼらぬわれが目に追へり浮力をもてる大股の人

いくたびの冬重ぬるも濁らざるごみ処理場のしろき煙突

鮭まつり

秋鮭の戻りくる量減りきしと「岩手日報」はトップに掲ぐ

回帰率にはかに減りくる三陸の川の汚れは鮭のみ知るや

川の匂ひ嗅ぎ分け里に帰らむやいつまでつづく自然産卵

冷たかる中津の流れを逆のぼり大き口あくる白鮭の群れ

産卵の瞬時に寄り添ふ一対のはじめて見たる鮭の身震ひ

川底にからだ擦りあふ秋鮭の白く変はれるたまゆらを見つ

遡上する秋鮭あまた跳ねあがり拼《せせ》りあふその背びれの尖《とが》り

幾匹が孵《かへ》らむものかくれなゐにたまごは光る川の砂地に

役割として

編集者あがりのわれがセクハラの教授詭《き》りしをいまも肯ふ

セクハラの身近にあるを見逃して教師は教師を決して裁《さば》けず

理事会にテーマ無き月はあらずして文学碑公苑の墓地の修復

七十年に伸ぶるかたはら著作物公有にせよと言ふも貴し

相続の対象となるコピーライトたとへば空穂家も訴訟中なる

出版も新聞の減税にそろへよと理事長なる日の案くりかへす

この会の理事になる頃詩歌句には価値を認めぬ人もありたる

補聴器にいまだ馴れざる友に向き簡潔に言ふことばを換へて

目の前に録音機あり居眠りの下手なるわれがいつも司会者

何ひとつ語らはず去る人もゐて立てるままなる水のボトルは

その妻をうしなひたりし評論家欠伸かみ殺す口をゆがめて

かつてわが職場の歌に執せしが「部下」といふ語は遂に使はず

好き嫌ひを見せざるわれの言動も八十歳代に入りて危ふき

結社の危機

いち早く梅雨明けむとし塀越えて枝先に朱のさるすべり咲く

この夏の猛暑告ぐるやさるすべり雨呑みて朱の花溢れそむ

咲き盛るさるすべり室《へや》を赤らめてガラス窓圧《お》す大き花房

壇上ににはかに立ちて結社誌の危機うつたふる乾杯の前に

出版人たるを忘れず赤字つのる歌の綜合誌買へとうながす

ワイパーが窓のガラスを拭ふ音黒き雨粒は跳ねかへりゆく

つくらるる人の形相はただ一つ軍事パレードは怖ろしきまで

珈琲の濃きを焦がるる身となりて失はれしや棘あることば

白雨が走る

じめじめと雨昏れてゆく街角に変化《へんげ》を終はるあぢさゐの殻《から》

瓦打つ夜雨《よさめ》の音のはげしけれグラジオラスの花が揺れあふ

雨呼びて風のとよめる昼下りブロック塀の控へたしかむ

突風にボルサリーノを飛ばされつ手に拾ふまで走れるを知る

夕立が車体の天井を叩きつぐドラムの音に速度上がるや

すれ違ふタイヤは雨滴はじきあひ真夏の白雨を走る妖しさ

したたかに深夜に入りて降る雨にかへでの盆栽を蔵《しま》ひ忘れつ

孤独死

閉ざされてをりし思ひも霽《は》るるべく部屋明るめり大雪の日は

瞬《まじろ》ぎの少なきわれのドライアイ皆既月蝕に遇ひてまばたく

ひとりして生くる安らぎ囃《はや》されて孤独死待つやこれからの人

親しかりし岩田正を悼む記事声交はしつつ一気に書けり

いくたびか古書買ひくれし一信堂看板が残るその前通る

書店無き街となれるをまたしても嘆ける歌を採択したる

図書券の貰ひ手となる口数のすくなき女孫が書斎掃きゆく

歩道橋たやすくのぼり渡りゆくその人たちに虹いろひかる

啄木に謝す

子どもらに読書奨める運動《イベント》に疎開地に読みし啄木あぐる

若き母のもとめし啄木の文庫本小学六年生の山棲み救ふ

秋に入りてはじめて栗拾ひせし山に啄木の歌を口ずさみゐき

みちのくの鳴子《なるこ》に読みし啄木は疎開児のこころの翳りに及ぶ

頂上より白くなりくる荒雄山かの岩手山としたひて仰ぐ

啄木を愛でにし折に何を得し硫黄島玉砕に敗戦を知る

下駄スキーに慣れて興ぜし疎開児ら啄木歌集は女教師に貸す

したたかに啄木の三倍越えて生きむとす戦時の少年倒れ難きか

北上の三十余年

みちのくの都市に稀なる文学館井上靖氏が手を貸しくれき

さいはひに創設三十年を迎へむか詩歌文学館賞が役割果たす

ご当地の短歌のレベル上がりくる二十年間も講座つづけ来

入場者の数にこだはらぬ企画展つづけ来たりて市民を召《よ》べり

学芸員のいそしみてこし特別展塚本邦雄展の図録は売れつ

天下り部長ら慣例に従はず減らさむとする館のイベント

経費削るその能力は確かなれ吉増剛造の「映画」うたがふ

詩歌には縁なき人ら配されてまもなく退《ひ》かむわれも苛立つ

水没

西日本襲ひたりしは留《とど》まりて梅雨の余剰をぶちまける雨

崩れ落つる岩に道路は遮断され荒らかにくる人の孤立は

濁流に支へがたなく流れゆく黒きワゴンにいくたり乗るや

家を流す濁れる川のくらやみに鏑矢《かぶらや》のごとき白雨しぶけり

水没をしたる畑に葱の秀《ほ》のみどりが見えて一瞬そよぐ

己が田の水に浸《つか》るを見回りてことしも老農夫流されにけり

抱く児を水の激《たぎ》ちに奪《と》られたるかかる悲劇はこの世にあらず

若からぬ友らの安否問はむとす家々浮くやみな水溜まり

雨止みてやうやく会に来しといふやはり湿れる挨拶の声

まつぶさに再現されて裏山の土砂がなだれ込む広島を見つ

夕立に駈けて去りゆく子らたちの体温残るやふらここの揺れ

数十年ぶりの豪雨か予定せし大原美術館も閉館ならむ

練馬区

少年がウォーターシュートに憧れし豊島園にいま温泉湧けり

三人ともに豊島園近くに住む。

いくたびか歓談をせり西武線に乗り合はせたる芳美とたつゑ

大団地は、飛行場の跡地。

夕虹の藍のきはまり冴ゆる空光が丘にひろがりてゆく

少子化は団地に及び八校を建てし小学校が半分に減る

伐られゆく欅の枝は天を指し芽ぶけば翼ひろぐるごとし

本土決戦用の陸軍の戦闘機。

たどりゆく辛夷並木のこの辺りかつて「鍾馗《しょうき》」の滑走路あり

空襲となれば「鍾馗」を村人と農家の森へ押して隠しき

急造せる小さき基地にアメリカの俘虜が列なして土を運びぬ

光が丘のみづいろの道に霜とけてサイクリングの一列ひかる

七十二万の人口は高知に匹敵しコミック・アニメの発祥地なる

富士見台にある虫プロなど。

区内には農地保たれ大根に代はりて「ねり丸キャベツ」が盛る

環八に沿ひて残れる葡萄棚ちひろ美術館の目じるしにして

小竹町あたりの地主はみな篠家弓矢をこなせし武士集団か

武蔵の七党に入ると言われる。

亡き母のうぶすなの地に棲みつきて近くの農家の桜をめぐる

わが垣をこゆるミモザの花房の黄に照る道に見上ぐる人ら

心不全

罹りたる心不全の名に驚けり胸に多くの水溜まりゐつ

むくみたる肌へはむしろ艶もてり急変したる脛もてあます

ふらふらと立ち眩みせり三日間ただ臥すのみにわが足ならず

一冊の書籍持たずに入院しカード式テレビに相撲観てゐつ

運動の不足は知れどかくまでに心臓衰ふるわが身となりぬ

身の内の水分の管理きびしかり棚の蜜柑は飾られつづく

はじめより個室を求め集欄の選歌に入りつつ白壁の灯に

日すがらの検査に遇ひて揺れ動く計りきれざる心ゆかしむ

まぼろしの伝単

降伏をうながす伝単《ビラ》を拾ひける斜《なだ》りはいまも泥ぬかる道

戦災に焼け残りたる近郊に米機は空よりビラ撒きつづく

拾ひ読むビラは白旗まさしくも天から授かる梅雨冷えの午後

風出でてきらきら降りくる伝単《でんたん》を少年は摑むジャンプして取る

「ツルーマン」の宣言告ぐる伝単に敗戦迫るを少年は知る

手にしたるB25からのビラ三枚私服に奪はるたちまちにして

少年のひとりを囲む緊迫のありて伝単は召し上げられつ

半ばまで読みし伝単を没取され少年は湿れる路上に坐せり

嗣治《つぐはる》のかの戦争画をアメリカはむしろ認めき反戦の絵と

戦犯にならぬフジタをアメリカへ追ひやりたりし妬みを思ふ

ブラックの4B揃へ身の溶ける思ひに書けり秋日を浴びて

冬の光景

耐震に建て替へられし十二階ことごとく窓小さくなりぬ

被災後に建ちくる家は和瓦《わがはら》を載せなくなりて屋根を尖らす

ビル窓に当たる銀杏葉《いちやうば》年越えてなほきらきらと金色《こんじき》降らす

モンブラン銀のシャープの黒ずみをひと夜すがらに磨き上げたる

やはらかに4Bの芯は黒光り鉄のかをりす皿にそろひて

手づからに刈られし陸稲の強き根《こは》を語らせたまふ腰を屈めて

降りたりし地下駅は冷え騒音を立てて去りゆく火花恋ほしむ

あとがき

本集は、四年前に出した『日日炎炎』につづく、わたくしの一〇冊目の歌集である。およを二〇一四（平成二六）年の秋から、二〇一九年の春に平成が終わる迄で、年齢のうえでは、確実に八十歳代に入ったことを示している。収録作品は、時代区分の関係で五七八首となり、一冊の歌集としては多過ぎるかもしれないが、社会人として一区切りとなっている。

この五年間ほど、公的な会議の多かった時代はない。その大部分は、日本文藝家協会がらみの著作権問題である。二〇一一年に就任した理事長も二期目から三期目を迎え、いぜんとして無頓着な出版社や、入試の出題をする大学に対して、各種の声明文などを練るはめとなる。また、出版人であった私にとって、予期した以上の不況と、人工知能の普及が、難題となる。さらにまもなく著作権の保護期間が、五〇年から七〇年に伸びることから、継承者間のトラブルが激増することが予想されよう。もはや私どもの知識や努力の域を超えている。

こうした渦中で、会員のフリージャーナリスト後藤健二氏が、シリアでイスラム国に拘束された事件が起きる。連作「砂塵のあらしに」を詠んだうえ、声明文を出した悔しみが忘れられない。たんに立場上、たやすく避ける問題ではなかったのである。歌人の若い世代がこうしたテーマに挑んだ好例を知らない。こちらがまともに対応し過ぎるかもしれないが、現下の平穏に過ごした「平成世代」のかれらの方法では、危機意識を許容しないことば遊びをくりかえすだけであろう。奇想は愉しいが、ゲーム感覚の面白さに過ぎない。

ここで立論するゆとりはないが、近代短歌が培った良質なリアリズムのもつ審美眼や鑑識力に、あらためて注目したい。おそらくそれは、定型の調べをともなった、やさしいことばであろう。自分自身にはわからないものかもしれない。それを求めて格闘していくことを告白したい。

顧みて、わたしは月刊誌に長期連載の評論を書くことで、それなりに作歌がつづけられてこられたと思う。前歌集の際は、数年間にわたって書き続けた『残すべき歌論——二十世紀の短歌論』（'11・3、角川書店刊）にのめり込んでいた。このたびは二〇一三年から「歌壇」誌上に評論「戦争と歌人たち」の連載をつづけてきて、いまやその最終段階に至る。私はこの七〇回からの連載をはじめるに際して、もしも自分が戦時下の一歌人であったことを想像する。はじめは恰好のよいことを言い、良識派に訴えながら、難なく時流に組み込まれていったであろうと思う。自分にとって何ができたか、何もできなかったという思いが強い。戦時下を丹念に調べていくうちに、意外に多くの隠れた事実を見出すことができた連載で、ことのほか長くなった。歌人は戦争で全滅したわけではなかったのである。この歌集では「戦争詠に思う」「まぼろしの伝単」などを載せた。また、「学徒出陣70年——短歌に潜在する厭戦気分」（「東京新聞」'13・1・22夕刊）を執筆したのが引き金となり、一六年一二月一日に東京堂ホールで、日本戦没学生記念会（わだつみ会）などの主催する講演「学徒出陣と短歌」を発表したことを記しておきたい。質問による補足を含めて、二時間余りも喋ってしまった。歌壇にはない熱気を味わう機会であった。

この近年において、私どもの「まひる野」は「創刊70周年記念号」（'16・7）を出し、戦後短歌に果たした役割を明らかにした。それに呼応するかのように「いまこそ空穂」（「短歌」'17・6）が特集され、人間の実像に迫る歌風が称揚されたことは大きい。歌人が陥りやすい日本的な情緒にみちた人生詠ではなかった。急逝された先輩の岩田正、橋本喜典の両氏にしても、空穂に相通ずるような「われ」とは何かを問いつづける、生身の人間の輝きがあった。そうした飾り気のない閃きを詠んでいきたいものである。亡くなった二人からも、批評をいただきたいと思う。

二〇一九年八月一三日

篠　弘

初出覚書

「水色の罫」（「短歌」15・1）、「土嚢が臭ふ」（「短歌研究」15・1）、「砂塵のあらしに」（「短歌往来」15・5）、「砂あらし」（「短歌研究」15・5）、「春の会合あまた」（「短歌」15・8）、「声おとろへず」（「短歌」16・1）、「平成挽歌」（「短歌往来」16・5）、「古書の埃」（「短歌研究」16・5）、「声は変はらぬ」（「短歌」16・6）、「任終ふる」（「現代短歌」16・11）、「花のタイル」（「短歌」17・1）、「ひとりの時間」（「短歌往来」17・2）、「この冬ざれに」（「短歌研究」17・5）、「画廊めぐり」（「短歌」17・7）、「練馬区」（「短歌研究」18・1）、「銀のルーペ」（「短歌」18・1）、「人のかけはし」（「うた新聞」17・1）、「役割として」（「短歌研究」18・5）、「五叉路」（「短歌」18・7）、「水没」（「現代短歌新聞」18・8）、「春の祈り」（「短歌往来」18・6）、「まぼろしの伝単」（「短歌」19・1）。

＊このほかの作品は、おおむね所属する歌誌「まひる野」に発表する。

＊採録にさいしては、一部のタイトルを改題したり、作品を多少入れ替えるなどして、再構成したものがある。あらたに詞書も加える。

まひる野叢書第三六四篇

司会者　篠弘歌集

二〇一九年九月二六日初版発行

著　者　篠　弘
東京都練馬区田柄五―一八―二（〒一七九―〇〇七三）

発行者　田村雅之

発行所　砂子屋書房
東京都千代田区内神田三―四―七（〒一〇一―〇〇四七）
電話　〇三―三二五六―四七〇八　振替　〇〇一三〇―二―九七六三一
URL http://www.sunagoya.com

組　版　はあどわあく

印　刷　長野印刷商工株式会社

製　本　渋谷文泉閣